Christliche Welt- und Zeitbetrachtungen

Georg Philipp Harsdörffer

Zwölf Monatslieder

Vorbildung deß Welt- und Zeit-Lauffs

Die Sonne:

Es eilet und pfeilet mein güldener Wagen/
den Stunden verbunden in Wolcken getragen:
Vom Morgen biß Abend begleitet die Zeit
das Beten/ die Arbeit und eitele Freud.

Die Betstunden mit Federflügeln:

Wir sind sehr klein und schwach/ und leiten Himmel an/
sogar/ daß man uns offt nicht wohl erkennen kan:
Wir müssen uns gesamt der grössern Brüder schämen/
weil sie/ was uns gebührt/ ohn Scheu und Reue nehmen.

Die Arbeitsstunden mit Muckenflügeln:

Wir sind sehr bemüht zu ziehen/
wenn uns treibet der Gewinn.
Ist des Nutzens Hoffnung hin/
pflegen wir auch schnell zu fliehen.

Die Ergötzlichkeitstunden mit Nacht-Eulenflügeln:

Der meiste Teil der Zeit wird leider! überlassen

der schnöden Eitelkeit/ auf mancher Sündenstrassen:

Nach dieser Welte Lauff sind wir die längsten Stunden/

die offt der tolle Hauf auch mit der Nacht verbunden.

Winterlied/ Zu dem ersten Monat deß Jenners

Nach der Stimme: Frisch auf mein Seel/ verzage nicht/ Gott wil sich dein erbarmen.

Psalm 74. v. 17. Sommer und Winter machest du/Herr!

1

Wir leben in der neuen Zeit/

die alls mit Schnee bedecket:

es trägt das Feld ein graues Kleid/

das Krafft und Safft erstecket.

Frost/ Kält und Eiß

macht alles weiß/

der Regen wird zu Schrollen.

Es ligt zu Feld

die harte Kält;

der Reiff wird gleich der Wollen.

Was bringt/ ja vielmehr nimmt uns nicht

der Janus weg für Gaben?

Mit dem gezweyten Angesicht

kan er nichts sonders haben.

Doch wird gesucht

der Dörner Frucht:

Die Hiefen[1]/ gleich Korallen/

bringt nun heran

der arme Mann/

dem Reichen zu Gefallen.

Obgleich der guldne Sonnen-Strahl

entfernet abgewichen/

ist doch der kalten Nächte Zahl

mehlich herbey geschlichen:

Der Wassermann

hebt wieder an/

die Täge zu ersetzen/

indem sich hat

das Sonnen-Rad

gewendt/ uns zu ergetzen.

4

Was bildet diese Winterszeit?

Anfechtung/ Angst und Leiden.

Doch ist der Hoffnungs-Trost nicht weit/

der niemals pflegt zu scheiden.

Es wird der Lentz

auch dieser Grentz

der Schwalben Bottschaft senden.

Die Heroldin

sagt: Wart dorthin/

es wird sich alles enden.

5

Inzwischen traget nur Gedult:

thut Buß in Staub und Aschen.

Wir wollen uns/ durch Gottes Huld/

schneeweiß und reinlich waschen.

Die rohte Sünd

acht sich geschwind

wie zärtlich reine Wollen.

Das Hertz wird neu/

durch wahre Reu/

die wir ergreiffen sollen.

6

Wir dancken dir Gott allezeit/

der du stets ob uns wachest;

der du die frühe Sommer-Freud

und auch den Winter machest.

Du ruffst dem Schnee/

und ruffst dem Klee;

alls muß nach Ordnung gehen:

So hört nicht auf

der Wechsel-Lauff/

weil diese Welt wird stehen!

Fußnoten

1 Allhier bey uns ist bräuchlich/ daß arme Leute/ am Neuen Jahrtage/ für den Thüren herüm gehen/ und ruffen/ und zugleich überreichen: Drey Hiefen zum Neuen Jahr. (Hiefe = Hagebutte)

Lied/ Von dem Monat Hornung/ oder Februario

Nach der Stimme: An Wasserflüssen Babylon/ etc.

1

Es muß nunmehr der Sonnen Strahl
sich zu den Fischen neigen;
so daß der Stunden Schatten-Mahl
pflegt höher anzusteigen.
Es schmöget sich der weiche Schnee/
und wird nun schiffbar Strom und See;
der Bächlein Silberbrücken
zerschmeltzen/ und der rauhe Lufft
enthält der Erd vereinten Tufft/
mit Schaur uns zu berücken.

2

Gleichwie der Fisch in heller Flut
gantz frey im Wasser streichet/
so schweben wir in Gottes Hut/
die niemals von uns weichet:
üm/ über/ unter unsrem Pfad
erscheinet Gottes Wunder-Gnad/
daß wir gesichert wallen.
Deß Höchsten grosse Mildigkeit
erhält die Seinen allezeit/
daß sie nicht sündlich fallen.

3

Hinweg mit aller Fatzennacht/
mit Spielen/ Fressen/ Saufen;
weg mit der Larven falschen Pracht/
damit die Thoren lauffen/
und mit der Mummer Freuden-Schein
sich stürtzen in die Höllen-Pein.
Weh solcher Frevler Lachen!
die wißlich Gottes Ebenbild/
dem Lügen-Geiste gleich verhüllt/
sich selbst verwerfflich machen.

4

Lasst uns gedencken dieser Zeit/
daß wir sind Staub und Aschen;
daß unsrer Sünden Hertzenleid
uns mach in Threnen waschen/
so wahre Reu und Busse bringt/
und uns zu manchem Seufftzer zwingt/
die Christi Tod und Schmertzen
bey dieser Fastenzeit erweckt/
dardurch die Weltfreud wird ersteckt
in Gott-ergebnen Hertzen.

5

O milder Gott! gib deine Gnad:

daß wir uns wohl bereiten/

zu preisen deine Liebesthat

zu diesen Marter-Zeiten.

Der Tod steht auch für unsrer Thür/

wer mit dir leidet/ herrscht mit dir.

Die Trübsal kan behagen.

Dein Reich ist nicht von dieser Welt:

und wer sich gleich demselben stellt/

wird alls gedultig tragen.

6

Es stehet bey uns unser Gott/

wann sich die Unglück' häuffen:

daß uns die Ströme/ Noht und Tod/

auf einmal nicht ersäuffen.

Er reisst uns aus der Flut heraus/

und bringet uns getrost nach Haus:

wann wir ihm nur vertrauen/

und warten gläubig auf die Zeit/

so Gott zur Rettung hat bereit:

Wir werden Hülffe schauen.

Lied/ Von dem Mertzen

In dem Ton: Jesu/ du mein liebstes Leben/ etc.

1

Nun der Winter ist vergangen/
und der Regen ist dahin:
wird der Lentz mit Blumen prangen/
und das Falbe werden grün.
Alle Bäume sich belauben/
und die heissre Turtultauben
girren in dem öden Wald/
daß der Echo gegenhallt.

2

Schauet doch/ die Feigenbäumen
knoten von der Westen Hauch:
die vor trockne Reben schäumen
weinend mit befeuchtem Aug:
da sonst Feld und Wälder lachen/
und die frühen Fittig wachen/
welcher krausses Lufftgesang
schallet mit dem Freudenklang.

3

Nun beginnen wir den Mertzen/
der vom Krieg den Namen hat;

vielleicht/ weil die Sonnenkertzen
sieget ob des Winters Pfad.
Nun die schnellen Schwalben swiren/
und die gute Zeitung führen:
daß der Blumen-reiche Lentz
komm in dieses Landes Grentz.

4

Wie sich nun die Welt verneuet
zu der frohen Frühlings-Zeit;
wie sich Stadt und Feld erfreuet/
und vergißt deß Winters Leid;
also wird nach diesem Leben
Gott das neue Salem geben:
Da wird alles werden neu
bey der Engel Jubelschrey.

5

Was die Lentzen-Sonn erwecket
mit dem jüngst gewendten Lauff/
was der Frost mit Schnee bedecket/
steiget nun verneuet auff:
Also wird es auch ergehen/

wann wir werden aufferstehen;

wann uns weckt nach dieser Zeit

die Sonn der Gerechtigkeit.

6

Du/ mein Gott! sey hoch gepriesen

wegen deiner milden Gnad/

die du mir anher bewiesen/

daß mich freut die grüne Saat;

da die Mandelbäume blühen

und belaubte Sprossen ziehen.

Hat die Erde solchen Schein/

wie schön wird der Himmel seyn!

Lied/ Von dem Monat April

Nach der Melodey: Wacht auf/ rufft uns die Stimme/etc.

1

Die Sonn ist aufgegangen/

der Lentz hat angefangen/

zu malen das verödte Feld.

Das früe Morgentauen

versilbert Thal und Auen/

und blumt der hohen Berge Zelt.

Der linde Westen-Wind

beküsset Florä Kind:

das Freuden-Lied

der Nachtigall bestimmt den Thal

und reimet mit dem Gegenschall.

2

Die Erd ist aufgeschlossen/

daß Bäum und Stauden sprossen/

und treiben ihren Wurtzelsafft.

Das Graß ist durchgedrungen/

die Blätlein gleichen Zungen/

zu preisen Gottes Wunderkrafft.

Denn aller Menschen Hand/

Kunst/ Arbeit und Verstand

ist viel zu schwach/

daß er allein ein Blümelein

solt bringen aus der Erden Schrein.

3

Das Haar der grünen Wälder

und die smaragden Felder

bezieren sich nun in die Wett:

Die Blüte stehen offen/

und machen Früchte hoffen/

beschönend manches Gartenbeet;

der bunte Blumen-Krantz/

beschminkt mit neuem Glantz/
krönt die Matten.
Deß Winters Leid entweichet weit
deß frohen Frühlings Freudenzeit.

4

Der Augentrost erscheinet/
vom Morgentau beweinet/
und weiset auf die Gottes-Gnad.
Vergiß-mein-nicht/ das blühet/
das Engelsüß nicht fliehet:
der Frühling Tausendschöne hat.
Die Blum Dreyfaltigkeit
beharr zu jeder Zeit
in dem Hertzen.
Blum Passion/ im bunten Thron/
stellt uns vor der Mariä Sohn.

5

Gott! dir sey Danck gesaget/
daß uns die Zeit behaget/
in welcher weichet Angst und Weh:
So wirst du alls erneuen/
und ewig uns erfreuen
mit dem verlangten Himmelsklee.
Inzwischen bringen wir

dir Lob und Danck herfür.

Halleluja!

Die Salemsstadt mehr Schöne hat

als dieser Erden Blumenpfad!

Betrachtung der Majenblumen

Nach der Stimme: Hertzlich thut mich erfreuen/ etc.

1

Wir wollen uns erfreuen

ob dieser Majenzeit:

da sich pflegt zu verneuen

der Erden grünes Kleid.

Die Sonn in Zwilling stralet:

die Schönheit der Natur

mit guldnen Flammen malet

der freyen Felder Flur.

2

Es muß dargegen weichen

deß Salomonis Kleid;

der Blume kan nicht gleichen

deß Königs Herrlichkeit.

Die reine Lilje stehet

von aller Sünden frey:

der König sich vergehet

mit viel Abgötterey.

3

Indem die Westen schertzen

mit diesem Blumen-Plan/

vergleich ich mit dem Hertzen

die rohte Tulipan:

So bald sie nur genossen

den höchsten Sonnenschein/

so wird sie aufgeschlossen

wie frommer Hertzen Schrein.

4

Es hat der Nord beraubet

den falben Rosenstock;

den nun der Maj belaubet

mit einem Dörner-Rock/

der weißlich-roht gestücket

mit mancher Rosen-Blüt:

Der Hoffnungs-Trost erquicket/

wann wir deß Jammers müd.

5

Der angenehme Majen
erwecket neue Lieb/
daß Thier und Menschen freien
aus holdem Gegentrieb.
Deß Höchsten reicher Segen
hat die Geschöpff ernehrt/
und hat sie allerwegen
zu unsrem Dienst vermehrt.

6

Was webet und was schwebet/
befeucht der Majentau/
mit neuer Kraft belebet/
und schmeltzet in der Au:
Also wird uns verneuen
an jenem jüngsten Tag
Gott! der pflegt zu erfreuen
in aller Angst und Plag.

Lied/ Von dem Brachmonat

Nach der Stimme: Werde munter/ mein Gemüthe/etc.

1

Nun der güldne Sonnen-Wagen

fähret nächst der höchsten Ban/

und erleuchtet mit Behagen

den smaragden Erdenplan;

weil ihr Weg wird gleichsam krumm/

kehret sie nun wieder um:

wie der Krebs zurücke weichet/

dessen Zeichen sie bestreichet.

2

Dieses sol uns Menschen lehren/

wie nichts so erhaben sey/

das sich nicht bald solt verkehren

und beharren Wandel-frey.

Unser Thun ist Unbestand

und deß Wechsels Unterpfand:

wie wir fast in allem sehen/

was geschicht/ und was geschehen.

3

Die nun öden Felder brachen/
und sind doch nicht in der Ruh;
weil sie viel geschlachter machen
die bespitzten Egenschuh.
Also muß der Menschen Fleiß
und der Arbeit saurer Schweiß
Speiß und Brot zuwegen bringen/
durch das Hacken/ Pflügen/ Düngen.

4

Durch den milden Himmels-Regen
machet Gott die Furchen weich;
das Gepflügte hat den Segen/
daß es Saam- und Früchte-reich.
Gottes Güte krönt das Jahr/
und betrieft der Bäume Haar:
also daß des Himmels Gnade
machet fett der Erden Pfade.

5

Wann deß Morgens Purpurflügel
decken dieser Auen Thal/
siehet man die grünen Hügel
voller Schaffe sonder Zahl.
Also gibt die fette Weid/
nächst der Speiß/ das Wollen-Kleid.

Ihnen wird ein Rock genommen/
der uns muß zu nutzen kommen.

6

Mein Gott/ der du Joseph hütest/
(der vermehrten Kirchen Heerd)
Gott/ der du dein Volck behütest/
und hilfst dem/ der dein begehrt!
gib uns allen deine Gnad/
die noch Maß/ noch Ende hat!
Gib uns Früh- und Abendregen/
daß wir preisen deinen Segen.

7

Frölich/ frölich sey die Erde/
und der Himmel freue sich:
daß dein Nam gepreiset werde/
Feld und Berge loben dich.
Ja die Baumen in dem Wald/
von den Bächlein untermahlt/
reichen Gottes reiche Gaben/
die wir Ihm zu danken haben.

Lied/ Von dem Heumonat

Nach der Stimme: Wie schön leucht uns der Morgenstern/ etc.

1

Die helle Sonn am höchsten steht/

und in deß Löwens Zeichen geht

mit überheissen Flammen.

Sie hat verkocht den Erdensafft/

und weist der grünen Farbe Krafft

auf jedes Baumens Stammen.

Die Weid

erfreut/

sie beschönen

Himmels-Threnen:

daß die Heiden

sich mit gelbem Klee bekleiden.

2

Man schlägt die krumme Sichel an;

der abgesensste Wiesenplan

macht uns deß Tods gedencken:

daß nemlich alles Fleisch ist Heu/

der Menschen Ehre Gras und Spreu/

dem leichten Wind zu schencken.

Der Ruhm/

die Blum/

welckt geschwinde

mit dem Winde:

unser Hoffen

hat ein schneller Fall betroffen.

3

Die angeglute Sommers-Hitz

erregt der Wolcken schnellen Blitz/

daß Mensch und Vieh erstaunet;

doch sind wir aller Sorgen frey/

weil Gottes Gnad uns stehet bey/

und unser Gut umzaunet.

Er tränckt

und schenckt

diesen Auen

Perlentauen;

und der Regen

bringt der Felder reichen Segen.

4

Man führt das Heu nun häuffig ein/

gedorret von dem Sonnenschein/

die Heerden zu ernehren;

doch wächset eben an dem Ort

deß Grases Wurtzel fort und fort/

das Menschen-Volk zu lehren:

Auf daß

wie Gras

wir mit allen

grabwärts fallen:

aus der Erden

unsre Beine grunen werden.

5

Der allem Fleisch/ zu rechter Zeit/

hat ein vergnügtes Mahl bereit/

wil uns mit Gut erfüllen.

So manchem guten Unterpfand

mißtrauet unser Unverstand

mit eitlen Sorgengrillen:

Er nehrt

und mehrt

unsre Heerde/

Thier und Pferde/

auch die Raben:

solten wir denn Mangel haben?

6

Was ist/ O Herr! deß Menschen Kind/

das gleich dem unbejochten Rind

deß Danckes nicht gedencket:

da doch von dir das Leben hat/

was wallet auf der Erden Pfad/

was Lufft und Meer beschrencket.

Erweist/

lobt/ preist/

gebt dem Ehre/

den die Heere

aller Orten

rühmen mit fast stummen Worten!

Lied/ Von dem Erndmonat/ oder August

Nach der Stimme: Jesu/ der du meine Seele/ etc.

1

Nun die Sonnenstrahlen weichen/

und die Tage nehmen ab/

weil auch in dem Jungfer-Zeichen

reiffen unsrer Felder Gab:

mitten in den schweren Garben

prangen mancher Blumen Farben/

und die Kühlung dieser Zeit

lindert alle Mattigkeit.

2

Wie Gott wolt die Erstling haben

zu dem Opffer und Altar/

und ob solchen freyen Gaben

krönte Gott der Herr das Jahr:

also last uns Ihm lobsingen/

und der Lippen Opffer bringen/

daß die Andacht im Gebet

unsre Felder mache fett.

3

Wer versaumt die Frücht der Erden/
und schläfft zu der Ernde Zeit/
der wird bald ein Bettler werden
ob der trägen Lässigkeit:
Müh und Arbeit bringet Segen/
und ernehrt uns allerwegen;
ja/ der Schweiß im Angesicht
süsset jedes Feldgericht.

4

Hierbey lasset uns betrachten/
daß die Kirchen-Ernde groß:
wenig/ die der Arbeit achten/
wehren da deß Unkrauts Schoß.
So lasst uns den Herren flehen/
daß Er woll das Elend sehen/
senden treuer Schnitter Schaar/
die der Ernde nehmen wahr.

5

Unser Land ist so gepflüget/
und gedeyet fort und fort/
daß es andre reich vergnüget/
auch an weit entlegnem Ort/
wo die Hungersplage drücket;
unser Überfluß erquicket:

darum wir zu aller Zeit

preisen Gottes Gütigkeit.

6

Alle Freude dieser Zeiten/

aller Schnitter Jubelschall

heist uns gleicherweis bereiten

zu des Himmels Freudenmahl.

Die mit Blut besprengten Farben

bringen edle Himmelsgarben.

Welcher sät Gerechtigkeit/

erndet Freude nach dem Leid.

Lied/ Von dem Monat September/ in welchem man die Baum-Früchte pfleget abzunehmen

Nach der Stimme: Wohl dem/ der weit von hohen Dingen/ etc.

1

Der Sonnen Lauf belangt die Waage/

das Regenwetter kömmt herbey;

die Nächte gleichen nun dem Tage/

die Bäume werden Blätter-frey/

und fällt derselben reiffe Frucht/

die mancher mit Belusten sucht.

2

Der Baum muß gute Früchte bringen/
wann er nicht werden sol ein Brand;
er muß den Gipffel hoch an schwingen/
sonst irrt er nur das gute Land;
und wann er keine Früchte trägt/
wird er bald von der Art erlegt.

3

So sol ein Christen-Mensch sich mühen/
zu weisen seines Glaubens Frucht/
die Sünd als eine Schlange fliehen/
und lieben Tugend/ Ehr und Zucht:
sonst wird er bald/ mit Leib und Seel/
geworffen werden in die Höll.

4

Der Unterschied ist bey den Bäumen
und bey der gantzen Menschen-Schaar/
daß jene jährlich sich nicht säumen/
zu neuren ihre grünen Haar.
Hingegen/ fällt der Mensch dahin/
so ligt er sonder Ruckbeginn.

5

Die Bäumen allen Menschen dienen/

zu bauen/ fahren/ und dem Brand;

sie blühen/ fruchten/ grauen/ grünen/

zu Nutz und Schutz/ in jedem Land:

sie speisen uns auf manche Weiß/

und lohnen ihres Gärtners Fleiß.

6

Nun wird die Frucht vom Stamm genommen/

bedeckt von manchem falben Blat:

da sol uns ja zu gutem kommen

deß Höchsten Segen-volle Gnad.

Wir dancken Gott/ für solche Gab/

und dieses reichen Herbstes Haab!

Lied/ Von dem Weinmonat

Nach der Stimme: Singen wir aus Hertzensgrund/etc.

1

Jauchtzet/ ihr Wintzer! alle zugleich/

unsere Trauben werden nun weich;

kommet/ empfahet mit Freuden den Lohn/

welchen die Arbeit bringet darvon:

Reiffende Reben schencken uns ein/

heissen/ die trauren/ frölicher seyn/
füllend die leeren Keller mit Wein.

2

Noe legt erstlich saftige Feser/
lehrte die Häcker/ warbe die Leser/
schniedte deß Rebens Blätter vom Stamm/
bande sie an die Pfäle zusamm/
presste der Kelter lieblichen Saft/
welcher den Hertzen giebet die Krafft/
Sorgen und Kummer ferne wegschafft.

3

Lobet und liebt den herrlichen Most/
welcher versüsst die niedliche Kost;
ehret der Thäler edele Frucht/
welche man zu den Kelleren sucht!
Aber doch haltet im Trincken das Ziel/
weilen deß Weins zu wenig und viel
leichtlich verderbt das lustigste Spiel.

4

Weinen ist unser Leben ohn Wein/
einsam und ohne Freunde zu sein;
Trincken verbindet menschlichen Sinn/
nimmet Verdacht und argen Wahn hin:

Freunde sind gleich dem freudigen Mahl/
welche man kieset in mehrerer Zahl/
mittels des Weins/ mit offener Wahl.

5

Schauet! Die Sonne den Scorpion trifft/
(sothanes Thier verletzet durch Gifft);
hüte dich vor der Trunckenheit Lust/
welcher die Reue stetig bewust:
gleichet der krumme Rebe der Schlang/
glänzet im Glase/ schwächet den Gang/
machet dem Säuffer schmertzlichsten bang.

6

Jauchtzet/ ihr Liebsten! alle zugleich/
Trincken macht oft die Ärmesten reich;
Trincken beschwert das ruhige Hertz/
bringet mit sich der Kranckheiten Schmertz.
Jeder ist edel/ voller Verstand/
jeder rühmt seine Güter im Land/
weilen ihn hält der Trunckenheit Band.

7

Brauchet nun recht und mässig den Tranck;
saget dem Höchsten hertziglich Danck!
Lobet ihn für die treffliche Gab,

lobet Gott in der sicheren Haab!

welcher uns giebet freudigen Muth/

speiset uns mit der Kelterpreß Blut;

lobet Gott/ der alls Gutes uns tut.

Lied/ Von dem Monat November

Nach der Stimme: Von Gott wil ich nicht lassen/ etc.

Oder: Last uns Gottes Güte preisen/ ihr lieben Kinderlein/ etc.

1

Der Sommer ist entwichen

mit seiner Flammen-Hitz;

der Herbst herangeschlichen/

und herrschet nun der Schütz:

Der treibt die trüben Wind/

und in dem Nebel-Regen

beschüttet allerwegen/

die auf dem Felde sind.

2

Man samlet Kraut und Ruben/

es giert der trübe Most;

man suchet warme Stuben/

und liebt der Vögel Kost;

das Feld liegt ohne Frucht:
doch muß es Wildpret tragen/
das man/ mit schnellem Jagen
durch Berg und Thäler sucht.

3

Die Müh und Arbeit schencket/
was sonst kein Mensch vermag;
wohl dem/ der stets gedencket/
Gott nehr ihn alle Tag/
auf viel und manche Weiß:
wenn wir Gott nicht vergessen/
und das Brot wollen essen
in unsrer Arbeit Schweiß.

4

Indem die Blätter falben/
verschwindt der Bäumen Zier;
es wandern fort die Schwalben/
der Winter bricht herfür.
Man sucht das warme Kleid/
und pfleget Holtz zu spalten;
dardurch wir uns erhalten
im Frost und kalter Zeit.

5

Mein Gott! der du uns liebest/

und segnest dieses Jahr;

der du uns reichlich giebest/

was uns vonnöthen war:

Wir dancken deiner Gnad!

Du wollest uns bewahren/

daß wir kein Leid erfahren.

Dich lob'/ was Odem hat!

Lied/ Von dem Christmonat

Nach der Stimme: Kan ich Unglück nicht widerstahn/ etc.

1

Das Aug der Welt ist dieser Zeit

entfernet weit/

und muß fast alles frieren;

das Feld ist wie ein alter Greiß

voll weisses Eiß;

die Kräfften sich verlieren.

Der weisse Schnee

bedeckt den Klee;

ein hartes Dach

bebrückt den Bach/

den Winter zu vollführen.

2

Doch wendet sich der Sonnenschein

und tritt gleich ein

in deß Steinbockes Zeichen.

Dadurch sie wieder kehrt zurück;

mit schwachem Blick

wird sie nun zu uns weichen.

Es wächst die Kält/

das Feur erhält

die armen Leut

in Winters Zeit/

den Frühling zu erreichen.

3

Indem die Sonne nordwärts geht

und ferne steht/

so wollen wir uns freuen:

Die Sonne der Gerechtigkeit

ist nun nicht weit/

wann wir die Sünd bereuen.

Das Jesulein

wil bey uns seyn;

die heilge Nacht

hat Heil gebracht/

wenn wir uns nur erneuen.

4

Deß Feldes Wollen-weisses Kleid

verhüllt die Weid/

das Menschen-Volck zu lehren:

daß ihnen gleiche weisse Tracht

in guter Acht

der Höchste wil bescheren.

Das Erden-Land

ist Spott und Schand/

Gott wird behend

und sonder End

das Leid in Freude kehren!

5

Inzwischen preiset Gottes Sohn/

den Gnaden-Thron/

der sich zu uns geneiget:

Es ist der Heiland jeder Seel/

Immanuel:

der kan die Feinde beugen.

Steht Er uns bey/

so sind wir frey

von aller Noth.

Ja! in dem Tod

wird Er uns Gnad erzeigen!